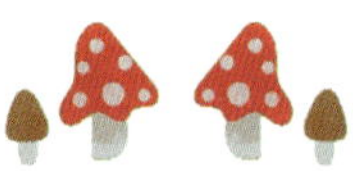

Clémentine Guivarc'h

# À la recherche des DRAGONS

Au Bord des Continents... Éditions

SAIS-TU QU'IL EXISTE UN PAYS MAGIQUE
OÙ VIVENT LES DRAGONS ?

C'est dans ce pays que vit Érou, un dragonneau qui ne sait ni cracher du feu ni voler. Mais il est très très curieux !

Aimes-tu les histoires et les jeux ?

Alors, accompagne-le dans une aventure merveilleuse !

Oh, oh! On dirait bien que ça gigote, là-dedans…
Les œufs vont bientôt éclore !

Sauras-tu repérer celui dans lequel
Érou se trouve?

- L'œuf n'est pas rond
- Il est fissuré
- Il n'a pas de taches

Tous les copains d'Érou savent déjà voler,
mais lui préfère la lecture...

Suis la ficelle et tu découvriras
son livre préféré !

Le Dragon Botté
ALICE
au pays des Dragons
le petit
Dragonneau Rouge
Les Trois Petits Dragons

Un beau jour, Érou décide de partir à la découverte du monde magique des dragons. Il s'arme de courage, et sur le chemin rencontre une bande de cinq joyeux lutins.

Ils sont bien cachés ! Sauras-tu les dénicher ?

Les lutins ont confié à Érou le secret qui mène à un trésor gardé par un terrible dragon. Mais ce dragon est très contrarié, car les cinq farceurs lui ont subtilisé un objet précieux !

Comme tous les objets étaient en double, il est maintenant le seul à n'apparaître qu'une fois.
Peux-tu trouver quel objet manque avant que le gardien de trésor ne se mette en colère ?

En traversant le joli bois aux mandragores,
Érou fait la connaissance du vieux dragon des forêts.

Le pauvre s'est perdu. Sauras-tu l'aider à sortir du labyrinthe touffu ?

Le scorpion est orange
Il n'y a que deux oiseaux dans le coin
Glaglagla, j'ai si froid !
Il y a une coccinelle dans le désert
Il fait trop chaud ! Les arbres n'ont plus de feuilles
Le dromadaire n'a qu'une bosse

Il fait bien chaud, par ici! Le dragonneau est parvenu jusqu'au désert, où vivent les malicieux dragons des sables. Quatre personnages disent vraiment n'importe quoi. Le soleil a dû leur taper sur la tête!

Démasque-les!

Le petit dragon continue sa route et traverse un village du Moyen Âge. Il comprend que quelque chose ne tourne pas rond...

Cinq détails ne correspondent pas à cette époque.

Aide Érou à les trouver avant qu'il ne reprenne son voyage.

Le dragonneau s'accorde une pause en compagnie du chaleureux dragon d'Asie. C'est animé, par ici, tout le monde parle en même temps, même les objets ! Érou croit rêver.

Redonne sa bulle à son véritable propriétaire !

« Attention, je suis très fragile ! »
« Bienvenue chez moi ! Veux-tu du thé ? »
« Je ne serai jamais grand… »

BRRRRRRRR! Érou a froid, ses écailles cliquettent comme des castagnettes! «Pour se réchauffer, quoi de mieux qu'une bonne flambée!», lui conseille le dragon des glaces. Alors le dragonneau essaie de cracher du feu... sans succès.

Un élixir magique pourrait l'y aider...
Seules les deux fioles qui sont identiques
en contiennent, les vois-tu?

Voilà Érou au bord de l'océan. C'est le territoire de la dragonne des mers. Elle accepte de lui apprendre à voler. Mais le jeune dragon devra suivre un entraînement précis... Il aura besoin d'aide pour progresser. Prêts ?

- Envole-toi là où sont les deux dragons
- Suis le courant à ta gauche
- Plane au-dessus du drakkar
- Puis vole jusqu'à l'animal qui porte le même motif que les voiles
- Descends par le courant jusqu'aux sapins
- Combien de rayures vois-tu sur le pantalon de l'ours ?
- Vole jusqu'au drakkar qui a autant de boucliers.

Youpi!!!
Érou virevolte de joie.
Il sait voler !

Les aventures du jeune dragon se terminent. Pendant son voyage, il s'est fait plein de copains et a acquis des pouvoirs extraordinaires. Maintenant, Érou a tout d'un authentique dragon. C'est vrai qu'il a bien changé !

Peux-tu trouver les sept différences ?

De retour chez lui, le dragonneau est songeur... Il a appris tellement de choses, et pas seulement à voler ou à cracher du feu !

Déchiffre le rébus pour découvrir ses pensées.

Être
Q
une
K
T

Ce soir, c'est la fête au pays magique des dragons !

Si tu trouves, cachés dans le décor, les éléments qui figurent à gauche, tu pourras aller danser aussi !

# LES PETITS SECRETS DES DRAGONS

## LES ŒUFS DE DRAGON

La maman dragon ne pond qu'une fois par siècle et couve ses œufs pendant une petite année (ou deux !).

## LE SANG DE DRAGON

Il est dangereux. Comme il est brûlant et très acide, il fait des trous dans les armures des chevaliers !

## LE DRAGON DES FORÊTS

Quand il fait la sieste, il dort si longtemps que les arbres et les buissons le recouvrent. Il devient alors invisible...

## ÉROU LE DRAGONNEAU

C'est le héros de notre histoire. Depuis qu'il sait voler, il voyage à travers le monde magique des dragons.

## LE DRAGON DES GLACES

Il vit au milieu des ours et des icebergs et, quand il éternue, il fait fondre la banquise...

LES DRAGONS DES SABLES

Ils sont tout petits et vivent en tribu dans les déserts. Ils aiment se faire des farces et, les nuits de pleine lune, on peut les entendre rire et s'amuser.

LE DRAGON GARDIEN DE TRÉSOR

Il vit dans une grotte, assis sur une montagne d'or et de pierres précieuses. Prenez garde, il ne dort que d'un œil...

LE DRAGON ASIATIQUE

Il n'a pas d'ailes, mais il a une petite barbichette et de longues moustaches. C'est un protecteur de la nature.

LE DRAGON DES MERS

Il vit dans une grotte au fond de la mer, et aime voler dans les tempêtes.

# SOLUTIONS

Érou se trouve dans le deuxième œuf de la rangée du haut.

Le livre préféré d'Érou est *Le petit Dragonneau rouge*.

Les têtes des lutins se trouvent dans les cercles rouges.

Les lutins ont volé le deuxième bracelet.

Pour sortir du labyrinthe, suis le chemin indiqué.

Le premier vautour, le dragon sur le transat, celui qui se baigne et l'archéologue sont des menteurs.

Les cinq détails n'appartenant pas au Moyen Âge sont le téléphone portable, la montre, la télévision, la poubelle et l'avion.

Le dragon d'Asie souhaite la bienvenue à Érou et lui offre du thé. Érou le remercie de son thé. Le bonzaï ne sera jamais grand... et la jarre est très fragile.

Les deux fioles qui contiennent l'élixir magique sont entourées en rouge.

L'entraînement d'Érou le fait voler jusqu'au drakkar entouré en rouge.

Les sept différences sont entourées en rouge.

Rébus : Être curieux est une qualité.

Les éléments qu'il fallait trouver sont entourés en rouge.

© Éditions « Au Bord des Continents... »
mail@au-bord-des-continents.com – www.au-bord-des-continents.com
Maquette : Anne-Cécile Bobin

Illustrations et textes : Clémentine Guivarc'h
http://clementineguivarch.ultra-book.com/

« Loi n°49-956 du 16 juillet 1949 sur les publications destinées à la jeunesse,
modifée par la loi n°2011-525 du 17 mai 2011.»

ISBN : 978-2-37051-077-8
Dépôt légal : juin 2019 – Imprimé en Europe